地球見　目次

地球見

装幀　岡　孝治
写真　アルベルト・ジャコメッティ
「歩く男Ⅲ」（アフロ）

明日昇る

朝があり夕べがありてわが庭に　柿の実にはかに色づき始む

若き日の問ひは大方消え去りぬ答なきまま　散りゆく雲よ

ポスターの糸杉あをく焔《ほむら》立ちわれは躓《つまづ》くその糸杉に

画面にはかのスクランブル交差点人つ子ひとりをらぬ不気味さ

嵐去るを告げて囀《さへづ》る鳥のこゑノアの心地に雨戸を開く

安全はいづこにもなく明日昇る太陽だけが標《しるべ》と思ふ

真夜中を一直線に滑りゆくスケボーの音を耳は吸ひ込む

もやもや重い

青焼の設計図面に見えてくる五十分の一のわれの未来図

たかが五ミリされど五ミリのせめぎ合ひ夫にもわれにも終《つひ》の住処ぞ

売られゆく空き地建ちゆくアパートに夏草失せたる中野区野方

安倍さんの安心安全見えぬ日日家の建替へ賭けのごとしよ

この度も消去法にて選びたる一生《ひとよ》の大事を　ねえ、羊雲

この日頃夢に拳を振り上げるわれの時間を侵すなかれと

左右の眼が図面の上を行き来せり「人生の秋に」*実りあれかし

*『人生の秋に』ヘルマン・ホイヴェルスの著作

雁垂れの厨と厠を書き込めば図面に水音仄かにひびく

木机とベッドのみ置くわが部屋に一つ高窓　昴を招かむ

幾度も移植に耐へし槇の木の形に添ひて描く外壁

目の詰める柳行李に紫の明治の房よまこと色褪せ

ありし日に父のひきたる大弓の紫の房は色あせにけり　松田常憲

七日にて平定されし乱*なりき　百四十年を引き摺る悲憤

*秋月の乱

弓なくも七本の矢が刀なくも刀掛けが出づ不平士族の

床の間の刀一振《ひとふり》背負ふがに正座の祖父の猫背猫舌

わが生に持ち込まれくる先祖らの思ひの束よもやもや重い

ぞろぞろと出てくる出てくる遠眼鏡《とほめがね》近眼鏡《ちかめがね》みな丸眼鏡《まるめがね》なり

汗みどろ汗みづくなり屋根裏に時間のなかを後戻りして

炎暑なるひと夏先祖と交はりぬ苧殻たつぷり焚きて送りぬ

育児日記は見向きもせずにわが息子サッカーボール抱きて去りぬ

捨つる山取り置く山のいづれにも入らぬ迷ひの山に埋もる

見かねたと手を貸しくるる大工さんどんどこどんどこ荷を搬びゆく

丈高きクルドの男も混じり来て解体始まる葉月つごもり

国家なきクルドの民に長閑にも「お国はどちら」と聞きてしまへり

クルド語の映画にサヌレとふ女の子その名「国境」の意味と知りたり

朝ごとに笑み深くなるクルド人日本語話せず身振り手振りに

首を折り首を伸ばしてショベルカーたつた七日で解体終はる

半世紀ぶりに陽を浴びふつくらと息づく黒土猫の踏みゆく

天地返しされたる土のやはらかさ根を張れ深くと 法師蟬《つくつくぼふし》

イエスの産声

遠出せねば見ることのなき山と海　つと乗り込みぬ特急「かいじ」

大月の乗り換へ口の人込みに日本語だけが耳に入りくる

とりどりの目鼻ある富士描《か》かれたるをかしき車体に人ら乗り込む

乗客はフジサン特急に一体感右に富士見て左に富士見て

口を衝く「行かう行かう火の山へ」登山電車のＣＭソング

富士吉田が富士山駅に名を変へてかのうどん屋はいづこにか消ゆ

芒が原の芒のしなりに分け入りてダイヤモンド富士のきらめきを待つ

迷ふなく陽はてつぺんに落ちゆきぬわが網膜を紫に染め

頂の放つ光芒巨いなる神降りたまふや見紛ふ一瞬

シナイ山のモーセの顔の輝きの吾にあれかしひたに仰がむ

まかがやく夕日が富士に没《い》りたればぐんとせり出す山のフォルムが

残照はたちまち消えぬ薄闇に真黒き富士はピラミッドのごと

とっぷりと暮るるといふはこんな闇　深く眠らむ富士に頭《づ》を埋め

あかつきの雪と岩との黄金比　ふはりケープをまとふ富士山

窓辺より富士をながめつ頂に男幾人《いくたり》の首挿《す》げ替へて

流れきて富士の頭を押さへ込む灰色の雲　なんの予兆ぞ

富士は父浅間は母と思ひたし時に火を噴くわが一本気

富士山に見らるる暮しはいかならむ言葉少なに家浄めなむ

新宿に連れ帰りたる細き月ストラップのごと心に結ぶ

高層のビルの谷間に見つけたる富士山ナンバー眼に追へり

拾ひ来し松笠リースに飾りつつイエスも産声あげしを思ふ

独り暮しの母の台所《だいどこ》けふ狭し圧し合ひながら四代の女

丸鶏のお腹《なか》に米を詰め込めば紙飾り《マンシェット》作る卒寿の母は

人参の面取りをする九歳に心の角は取るなと言ひぬ

唐突に慰安婦つて何と問ひてくる十四歳は菜を洗ひつつ

返答に窮して引ける広辞苑「強ひられた」とふ語強めて伝ふ

慰安所は軍の管理にありしこと付け足して言ふ林檎むきつつ

わたしとて戦争を知らぬ世代なり平和ボケなる時間を生きて

ありし日に松の根方に防空壕祖父の掘りしと母の指先

号令に隊列進むクロスする「集団行動」ひたに怖ろし

よいほん

日本聖書協会が次世代に向け刊行する聖書翻訳の日本語担当を命じられ五年が経った。日本語担当者が翻訳の第一段階から介入するのが特徴。終盤を迎え、二〇一九年の刊行を目指す。

時めぐり授かりしこと　慎みてわが胸深く受け留めてをり

この仕事使命にあらず天よりの指名と思はむ　助けはくるはず

今日までの来しかたここに統べらると思ひ至れり星空の下

ひびき良く心に沁みる日本語を求められをり　背筋を伸ばす

文語訳、口語訳、新共同訳、時に覗きぬギュッツラフ訳も

「ハジマリニ　カシコイモノゴザル」「コノカシコイモノハゴクラク」

「ゴクラク」は神のことなりさういへば茂吉のバケツ「極楽」なりき

ただ一度母は茂吉にまみえたり少女の頃らし青山の教会

*ケセン語の「敵《かだギ》だってもどごまでも大事《でアじ》にし続《つづ》げろ」素直に頷く

*岩手県南部一帯のことば　「敵を愛しなさい」マタイ5章

格調ありと今も文語の好まれつ　明治元《もと》訳、大正改訳

三千年歌ひ継がれし詩編なれ神への恨みも妬みも親し

東京の銀座と京都の今出川　スカイプ会議の一日《ひとひ》もありき

互ひの顔消して声のみに繋がれり詩編の一語一語を吟味す

ヘブライ語の時制を語る君のこゑ雪の京都ゆ湿りを帯びて

代名詞多きはややこしまどろつこし省きてすらり流るるやうに

「わが牧者」はたまた「私の羊飼ひ」いづれを好むや若き世代は

「水辺」より「汀《みぎは》」の良しと譲らない友は汀幼稚園卒

出稼ぎの息子《こ》らへの餞《はなむけ》　父の読む詩編二十三　白黒映画に＊

＊『わが谷は緑なりき』

「義」の文字を解けば「我は羊なり」この単純を肯ひてをり

さかのぼり出エジプトを語り継ぐおそらく永遠《とは》にイスラエルの民は

昼は雲夜は炎の柱もて導く件《くだり》　夕焼けに思ふ

歌詠むに舌頭千転と伝へ聞くしばしば舌に詩編まろばす

白飯に卵を落としつつ思ふ　にほんのことばのやはらかきこと

重吉*の「聖書」と名づけし短き詩「よいほん」とふルビ　それだけで詩《うた》

*八木重吉

重吉のよれよれの聖書の写真見つ　みつしりぎつしり引かれし傍線

春雷のにはかに轟く「よいほん」に相応しき訳迫るごとくに

落雷に怯えし瞬にかのルター修道士への道を目指せり

「道徳」の教科書検定

押しつけの郷土愛なり不思議なり「パン屋」を「和菓子屋」に変へるなんて

ひたひたと禁教の世の近づくと思ふことあり歩幅の縮む

捩れつつ重心たもつ伸び方もうるはしきかな雨後の捩花

歴史に非ず

明け方の雨戸繰る眼に半夏生まぼろしのごと白き葉の浮く

ひそやかにはびこりたりし半夏生小暗き庭の真中を占むる

諜報員の影を思はす黒揚羽　かつて憲兵訪れし庭に

夏休み夜ともなれば十歳がオセロ持ち来る勝負師の顔に

ゲームの名に因む悲劇を教へたり黒き肌《はだへ》と白き肌《はだへ》の

黒ひとつ裏返されて　たちまちに寝返る寝返る白き勢力

空梅雨のいつ明けるとも　わが脳も記憶曖昧記録は模糊に

靖国通りまつすぐ歩いて神保町右へ曲れば平川門近し

交差点を険しき眼に見下ろせる映画『残像』の看板に男《を》は

ヴワディスワフ・ストゥシェミンスキ（1893〜1952）はポーランド前衛芸術の基盤を築いた画家であったが、第二次世界大戦後ポーランドがソ連の勢力に飲み込まれスターリン主義が浸透する中で、弾圧され、画家としての生命を絶たれた。

『残像』はワイダ*の遺作、遂に遺作、シートに深く身を沈めたり

*アンジェイ・ワイダ（ポーランドの映画監督）

美しき緑あふるる丘の上片足に立つ男の遠景

草の丘転がり転がり降りてくる健やかなるかな老教授の笑み

色調の深き画面の街並に大き赤旗と独裁者の顔

ひといろに塗り替へられてゆく早さ「スピード感をもつて」総理が重なる

社会主義リアリズムこそ価値ありと威圧的なり文化大臣

芸術は国家体制を支ふべし　賛同せよと挙手を迫らる

自分との調和に描くべきと言ふ教授はたちまち解雇されたり

配給の切符貰へず絵具買へず松葉杖の音が街ゆく

妻なりし彫刻家コブロ*の人となり登場せずも姿の顕ちぬ

*カタジナ・コブロ

青き目のコブロの墓に捧げむと白き造花を絵具に染めて

行進の列に赤旗もつ少女　娘にあれば教授は眼《め》を閉づ

スターリンの宗教弾圧のすさまじきを聞きしことありイコンを見つつ

人の目に分からぬやうに十字切る婦人を描くはワイダならでは

ショーウインドー飾らむとしてマネキンの四肢に絡まる教授の最期

無表情のマネキンの手が揺れてをり　仰向けに倒れし教授の頭上

無惨なる死の待つことも　いつの日も真の自由を貫く者に

歴史に非ず今もゆつくり我々を苦しめてゐるとワイダの言葉

検閲にシナリオ幾たびも書き直ししワイダの闘ひ重なりて見ゆ

萎縮すな自由に詠はむ　否すでに萎縮してゐるわれにあらずや

片白草そろりと緑にもどりたりああ何事もなかつたやうに

歩く男

天上の花とふ真青の朝顔のおのもおのもが朝の顔上ぐ

半熟のたまごの温みを身にをさめこれより最後の会議に向かふ

白壁をくり抜き窓を作りたり　世界の何が変はりゆくのか

窓ひとつふえて明るき北の部屋　真昼の月のやうなるあなた

窓の向かう山ある暮し懐かしも確かに山に見守られゐつ

夜のくろく窓にちかづく刻《とき》のありにはかに灯るわれの内側

希典《まれすけ》忌近づく乃木邸眼を引くは新装なりし煉瓦の厩《うまや》

愛馬の名は雷《いかづち》号と母は言ふ流れのはやき雲を見あげて

若き日にわれの心を震はせしジャコメッティの彫像展へ

星条旗通りに白き美術館これより先に米軍基地あり

窪む腹なれど豊満なる女体「女＝スプーン」かがやくブロンズ

掌《てのひら》に載るほど小さき男の像　戦争は人を縮めゆくもの

大股にはやるこころに踏み出《いだ》す「歩く男Ⅰ《いち》」の右足

右を出し左の踵やや上げて　しづかに耐へしモデルを思ふ

杖をつき母は眼《まなこ》を凝らし見る「歩く男」の足の弾みを

歩き初めいや帰り着きたるところらし世界は病むと前のめりのこゑ

破かれし紙ナプキンに即興の鉛筆書きの「ヤ*ナイハラの頭部」

＊矢内原伊作

ヤナイハラの頭像なきを惜しむ声フロアにひびくわれも頷く

ジャコメッティの視線に射られし矢内原身じろぎもせぬ二百三十日

見えるままに彫刻すると削ぎゆけば削がるるほどに際立つ　存在

明日には木となり空へ伸びゆかむ　女の像が森となる日よ

凹凸はジャコメッティの指の跡　温みほのかに伝はりてくる

首のべて鼻づら土に寄せながら犬は歩めり彫像なれど

わが胸に球根植ゑにし心地なり一体一体めぐりしのちは

美術館出でし路上に影長く「歩く男」が過《よぎ》りて行けり

飢ゑしるき顔にとぼとぼ行く犬をこのごろは見ず　夕日の道に

西日射すわがキッチンに吊られゐる黒き虚ろを抱く北京鍋

柔らかいと思へば曲がるとスプーンをぐにやり曲げたり娘の指先

思ひ込みに縛られ物を見てゐるとわれを哀れむ不惑の娘

ほんたうのわが声わが顔しらぬまま生きてゐるんだ　夜の電車に

地球見

二〇一八年四月十四日未明米、英、仏共同によるシリア攻撃

ひと夜さを渦巻くごとき雨と風シリアの文字も濡るる朝刊

標的は古都ダマスカスああパウロが目から鱗を落としあたり*

*「するとたちまち目から鱗のようなものが落ち」使徒言行録九章

けさの庭星のかたちの白き花*満ちあふれをりベツレヘムの園

*ハナニラの別名はベツレヘムの星

絵本*には地球見をする家族をり三十年後の月の暮しに

＊『もしも月でくらしたら』

満ち欠けはいかにぞ見ゆる水の星　北半球は廃墟となるやも

月の土地プレゼントにでもいかがです第三期分譲中の広告

月の表面は百度を超え、隕石が降ってくるので穴で暮らすことになる

あのひと言いはねば良かつた悔ゆる夜は夢に穴掘る身を隠す穴

押し入れにしばしば隠れし幼き日獅子舞、虚無僧、祖父のかみなり

龍の髭植ゑたる日より待ちわびる碧きはづみ玉生まれいづるを

はづみ玉と声にのせればあな怖し爆弾《はぜだま》、散弾《ばらだま》、鉄砲玉に

ヒジャブ巻く女性と席を譲り合ふ山手線の優先席を

白糸と黒糸の見分けつかずなる闇をはかりて祈る民あり

保育園の影となる土

エノコログサ踏み分くる音聞こえきて測量されをり隣の空き地

大型の保育園が建つらしい　凩吹くたび広がる噂

地主、銀行、建設会社の配りくるパンフレットに笑顔の子供

ご近所といへども見知らぬ人多し年の瀬に集ふ説明会に

芳しき薔薇をめぐらす家に住むミスターダンディは絵描きさんなり

郁子《むべ》の実を窓の目隠しに育てゐる寡黙なる男《を》今日は饒舌

草の萌え蝶舞ふ土の百坪より弾き出されし「定員七十一」

敷地いっぱい建てねば利潤は生めぬらし園庭のなき図面を見つむ

「公園のブランコ砂場を使ひます」往来はげしき道の向うの

保育園建設の賛否を問はれたり反対はしないと小声に言ひぬ

若き日のわれ必死なりき幼児を預けなくては働かなくては

園児らの声は響かむ　書類より騒音単位デシベルを知る

防音に二重窓をの要望書　肯へぬとぞ灰色の声

建物の容積減れば定員減　園児の数は一人も減らせぬ

わが家との西の境に廻らすは二メートルの防音壁とぞ

西の窓開けば通ふ涼風も仰ぐ夕日もわがものならず

共存の策探らむと頭寄す七十年前の「隣組」の裔

霜柱踏みつつ庭を巡りたり保育園の影となる土

*

黒豆の黒あざやかに煮ゆる頃四楽章の始まらむとす

エッシェンバッハの温もりのある第九聴きこころの煤を払ふ歳晩

「Seid umschlungen Millionen《抱き合へ幾百万のひとびとよ》」いつもここ　このフレーズに拳を握る

「ねむの木*」の子らを訪れ励まししエッシェンバッハに孤児の日ありき

*養護施設ねむの木学園

十七歳のトイレ出産の痛ましき記事に零せりわが手のコーヒー

熊本の「こうのとりのゆりかご」は十年経ちぬ温められて

十月十日《とつきとをか》日々苦しみし母たちの百二十五人が縋りしゆりかご

小走りにはた足音をしのばせしやポストまでのくねりし道を

につぽんに赤ちやんポストの増えぬなり　生れし直後に殺められしも

ファウストに裏切られたるグレートヒェン赤子を水に沈めし件《くだり》

母と子のいのち守らむ急がるる内密出産の法の制度化

卓上のミニアイリスの咲き揃ふひかりふえつつゲーテ忌近し

開け《エッファタ》

伸び悩み窓に届かぬひまはりを励ますごとく纏ふ黒蝶

煉獄の熱さと思ふ夏がふと背中を見せた　あ、鰯雲

廃墟画はなぜに美し森閑と雲をわかせてひかり満ちをり

窓といふ窓は閉ざされ冷蔵の身体髪膚強張りてをり

炎天に銀杏の古木鎮まりぬ根方に満たすや黄金の水

七人の死刑執行　平成の重荷をひとつ片付けるがに
執行に胸のすく者救はるる者ただの一人もをらぬが悲し

弁の立つ法務大臣心境を「明鏡止水」と朱き唇

暴風雨の予報に怯ゆる夕つ方西空いつぱい緋雲の爛る

執行の場に立ち会ふを求めたし　大臣、揺るがぬ決定ならば

「間違ひはございますまい」少女子《をとめご》の「最後の一句」江戸の「お上」に

十戒は光の文字に刻まれぬ　行方不明のモーセの石板

ヘブライの文字にありしや「殺すなかれ」神の息吹に書かれし十戒

青き地球いだくマリアの絵葉書が壁に留められ色褪せにけり

ブラームスの「Geistliches Lied《宗教的リート》」たましひを混声四部の調和に解《ほど》く

開け《エッファタ》とわが両耳に手のひらを当てし神父のこゑの深かり

アラム語のひびきに開かれゆくものか黙しつつ行くこころの広野

「きく耳ある者は聞くべし」をりをりにイエスは言ひて話を終へぬ

燭の火を見つむる不思議いくたびも沈めし言葉が湧き出でてくる

狂ひ咲く蔓薔薇の影踏みてゆく猫の足裏うす桃色に

隣家《となりや》の女子学生が竹刀《しなひ》振る夜の路地裏に邪気を断つ音

ヘルメット被りて応ずるその父の「いてえ」の声が夜に谺す

夜明け前鳥のさへづり陽が昇り蟬鳴き始む山に暮らせば

ほんたうが見えぬ分からぬ世にありて欠けても満ちる月を友とす

山住みに山に聞くこと覚えたりマグマを抱きて息づく山に

教授逝きし庭に梟の像ありてこのごろ教授の貌に似てきつ

砂利を踏む足音《あのと》しづかに遠ざかる教授は白きマフラーなびかせ

蟬時雨　千枚通しに穴をあけ紙縒《こよ》りに結ぶ歌稿の束を

歌稿には一人ひとりの声潜みおろそかならずこの世の時間

いにしへの元号の美《は》し朱鳥《あかみとり》元年いかなるあけぼののなりしや

民衆の歌　題詠「音」

香港に「民衆の歌」響きたる画面にわれも唱和してをり

やはらかき母音捉へて両の耳まどかにひらく国際空港

家内《いへうち》のうからやからの足音にこころ聞き分く老母《はは》の遠耳

オルガンの鞴《ふいご》の音のなつかしも静かに踏み込む祖母の白足袋

初秋にピッチカートのひびきあり栗の実橡《とち》の実落ちゆく森に

酷熱氷寒

十*六歳の怒りの声は静やかに　静やかなれば胸を打ちたり

*グレタ・トゥーンベリ

クーラーに酷暑残暑を潜りたる素肌を宥む初秋の風

照りつける太陽のもと白旗のやうにシーツを竿に広げて

昼下がり寝ころび『神曲』ひもとけば酷熱氷寒の地獄の見え来

「一切の望みを捨てよ」と地獄門声のひびきに起き上がりたり

何もせぬ無関心こそ深き罪　地獄にも行けず滅ぼさるとふ

煉獄篇天国篇よりおもしろき地獄篇にて長く留まる

「冷たくもなし熱くもなし」とわがこころ黙示録に叱咤されし日

後の世の世界のすがたに吾もまた責めを負ふ者眼《まなこ》を洗ふ

苔生《む》せる椎の木われの老師にて言葉を置きて今日も仰げり

「あなたに、話がある」

人生にいくつ分去《わかさ》れ　重き荷を負ひてしまひぬ夕映えの道に

緩からぬ坂ぞと誰かささやけりわが性分は涙の谷行く

教皇フランシスコ来日、ポスターに「あなたに、話がある」

「あなたに」の「あなた」は吾と思ふゆゑ「話がある」とふ教皇を待つ

「金《かね》」はいま神にぞなりぬと戒める　金《きん》の子牛に怒りしモーセ

手をつなぎ逆巻く川を渡りゆく難民の背より放つ声あり

この星に安全地帯などなくて今朝も靴紐きゆつと結びぬ

ゆふすげがかすかに揺るる旧き道をりをり眼《まなこ》に顕ちて誘《いざな》ふ

山里の夕暮れはやし振り返り振り返りゆく子連れゐのしし

大嵐の力も借りよといふ声の内より湧きぬペンを握れば

四線の■音符のネウマ譜を歌へば中世の風が起こりぬ

螺旋なし心深くへおりてゆくグレゴリオ聖歌を乗り物として

揺り返す鐘の音ふかき襞をもつ心に種を蒔くを始めむ

*

訪日を待てる心の日を増して熱く燃えくる耳目のひらく

白塗りのパパモービレの鼻先の後《のち》ゆつくりと教皇の笑み

アリーナを巡り手を振る教皇の祝福は小さき者へ注がる

人々を見渡すでなく群衆の一人ひとりを探る目深し

預言的麺麹種になれと鼓舞されし心ふくらむ冬の街路に

ディスタンス

門松の竹の切り口笑ひ口三つの口が吐き出す息吹

「冬の旅」幾度も復習《さら》ふ夫の部屋そこのみしつとり十九世紀

漏れきたる歌はさすらふ男《を》の姿　のどかな泉のほとりに着きぬ

失恋の若者よりも周庭さん、ナワリヌイさんを憂ふよわれは

折々を溜息混じりに息子《こ》の言ひき「仕方がないさ親父はロマン派」

食卓に横に並べる黙食のはるか離れつ夫《つま》との思ひ

物語のそれぞれの距離の遠近を測りつつ見るオムニバス映画

六点の星

春の海隔てて遠き富士山に向かひて立てる白杖の人

浮きあがる突起を友は星と呼び点字は神秘とかの日語りぬ

いつよりか音信絶えし友なれど星滑らせし指の顕ちきぬ

指に読む文字にいかなる響きありや点字聖書を購ひに行く

六センチの分厚き嵩の「創世記」胸に抱きて銀座を出でぬ

真白なる頁の不思議雪原のごときを繰りぬ灯りの下に

点筆の打ちたる突起の小さきを指先に撫づ星と思ふまで

目を瞑りなべての感覚集めたり人差し指の腹の膨らみ

渦を巻く指紋と星の語らひをふとも思へり春の風音

サ行までなんとか覚え夜の更けに読めてうれしもこれぞ「そーせいき」

縦三点横二点の組み合はせ六点の星揃へば「目《め》」なり

光の「か」神の「か」指が覚えたり三節読むのにもう一時間

指萎えて唇を触れ読む書《ふみ》に血の滲めるとふ聞きて慄《をのの》く

唇に文字を読まむとする人の心の飢ゑをひたに尊ぶ

西空に星のひとつが瞬けり「一の点」なり「あ」と声を上ぐ

フリーランス

物語の始まりのやう　まどろみて湖水のありき木立のなかに

照月湖その名に相応《ふさ》ふひそやかさ水面の月をいつか見たきを

漣を分けて今しも出で来むか金銀の斧を子らと待ちし日

湖畔には赤き屋根のふたつみつ見え隠れせり誰ぞ住みたる

時を経て湖水は吾を誘へり月出づる刻に心を灯す

三月の浅間の肌は黒白《こくびやく》にきりりと締まり雲を払へり

車窓より湖水を探し山道を行けども青き湖面は見えず

崖崩れ行き止まりとなるその先に深き陥没　倒れし樹木

眼を拭ふ　深き抉れに乾きたる水底風に曝されてをり

台風*に堤は決壊一夜にて枯れ果てたりとキャベツ売る媼

*二〇一九年十月十三日　台風十九号

幻となりて湖水はわが胸にいよよ神秘を深めてゆけり

強風に飛ばされさうな幼子と手をつなぎゆく荒れる地上を

災害もウイルスもまたその根には人類の驕ありと人言ふ

わが家にはフリーランスの音楽家、劇団員ゐてお茶を挽きをり

三つの密　揃ひも揃ひバリトンの夫の手帳の予定は消されて

歌はねば教へねば生くる甲斐なしと発声練習怠らずをれど

人の来ぬレッスン室に花飾りピアノを磨く自《し》が顔映し

コンサート延期が決まり虫干しの剣先襟のタキシード揺る

開け放つ窓より入るはなびらが燕尾服の肩に止まれり

庭隅に伸びゆく木賊《とくさ》に気づきたる夫はその名をその字を問ひぬ

朝《あした》よりシチューを煮込む夫の背のエプロンのひも縦むすびなり

虚業家といふは真実《まこと》ぞ　これまでの暮しの不思議ただただ恩寵

芸能人健康保険組合より届く保険料の振込用紙

Zoomにて朗読教室続けると娘の声は海辺の町より

熱込めて口角泡を飛ばすなどもつてのほかと歌会も中止

小津を観て黒澤を観てひと日過ぐ春の雲は昭和を呼べり

フラッシュのごと太陽が森を射る『羅生門』に知る心のまやかし

くりかへす「ボレロ」に似たるメロディに迷ひ込みたり回想場面に

映画『羅生門』は芥川龍之介「藪の中」が下敷き
この頃は夫との会話も藪の中双方手柄をわがものとして

けふの月ひとときは輝きわれを呼び復活祭の近きを告げる

パソコンの前に夫と椅子並べ YouTube のミサに与《あづか》る

気のつけば組んでゐる指胸元に眠りの間にも不安は纏はる

残りわづかな消毒液を噴霧してドアノブ拭けば銀のかがやき

魔王

嵐吹く一夜を耳に三連符　馬の蹄の駈け抜ける音

その父にしがみつきつつ幾たびも「魔王*」歌へとせがみし男《を》の子

*ゲーテの詩にシューベルトが作曲

囁ける魔王の声は絹のこゑいまに地球を覆ひ尽くさむ

本当に奪ひたきもの人間の命にあらず信頼、希望

雷鳴の轟き白光《びやくくわう》ひらめけり　いま天上はいかなる静寂

荒波にもまれる舟に立ち上がり風を叱れりガリラヤのイエス

人類に吹きすさびゐる大嵐誰が鎮めむ　散りぼふ雲よ

西空に薄き月見ゆ人類を億年見つめし親しき真《ま》ん円《まる》

姿変へ魔王は誘ふされどされど心を浸さむ井戸に汲む水

針より細きメダカの生れて二つの目ぎらぎらひかる世界を見むと

Pacem《パーチェム》

もどかしき自粛生活気がつけば口遊みをりラヴェルの「ボレロ」

地球はいま一艘の舟揺れながら素手でわれらは水搔き出して

十年の後を思へばおぼろなり吾の暮しも世界の地図も

オール漕ぐ人らは後ろ向きなれば見えまい小さきつましい岸辺

新宿のホームに「あずさ」のドア開く山恋ふ心にひらり飛び乗る

幾重にも重なる山の懐《ふところ》が呼吸してゐるみどり濃みどり

小海線海ノ口まで行つてみる湖水を海と呼びにし人ら

見霽かす四方のやまなみ森閑と守られてゐるか捕はれてゐるか

咲き揃ひアサギマダラを待つばかり藤袴の群れ空に顔上ぐ

夕つ日に押されて帰ればビルの波摘みたてクレソン萎れないでね

アドレスに*pacem 友は灯しをり送信の度ひろがる pacem

*ラテン語　平和

照明にぼんやり生るる光の輪Zoom画面に君は聖人

春のこゑ

初春のケトルの笛の晴れやかな響きは母の厨よりたつ

波立てる心に過ぎたる松の内　鎮めよしづかに初雪の舞ふ

雪降らす天上の手よにぎやかに腕《かひな》を振るや今日公現祭《エピファニー》

来た道を戻らざりしとふガスパール、バルタザール、メルクールはも

東方の三博士の名ののびやかに語尾を引きつつ聖劇のころ

肌の色帽子の型もそれぞれの異国情緒の「三博士の礼拝」

ベツレヘムの分離壁をキャンバスにバンクシーの皮肉の冴えて

信教の自由はわが家に保たれて神棚仏壇マリア像磨く

ガレット・デ・ロワを切り分け松飾り外して暮れぬ一月六日

行き場なきマスクの内の悶々が二月の空をうすく覆へり

春のこゑ山こえ海こえ聞こえると口跡鮮やか娘に誘はる

海を見て潮騒聞いて育ちたる子らの裸足《はだし》が跳ねて汚れて

見えずとも雪を被れる富士山の裾引きゆくを心に描く

山なみに小さき三角顔を出す金時山は一二一二メートル《オイッチニオイッチニ》

洋館の文学館*への石畳三島《みしま》由紀夫の歩幅なども浮かべて

*鎌倉文学館

バレンタイン企画のおみくじ文豪の愛の言葉にくすぐられよと

わが引きしは龍之介なり直截な「昔*から好きでした。今でも好きです」

*のちの妻塚本文への手紙より

薔薇窓に春のひかりの伸びてきて寄木の床を虹に染めたり

見霽かすたひらかな海にふとも湧くタイワンリスの鳴き声ギョッギョッ

沈みゆく太陽今日は重たげにわれの鼓動と重なるやうな

夕日いま海に点火す心にもじわりひろがる浄火の渦が

岩波ホール閉館

一月十一日、岩波ホール五十四年の幕を閉じるとの知らせ

わがこころ耕しくるる拠り所　肯ひがたくただ空《くう》を見つ

じつとしてはゐられぬ思ひに駆け付ける『ユダヤ人の私』の楽日に

二〇二二年ジョージア映画祭—コーカサスからの風—が開幕

翌日のジョージア映画も入りの良く初日の活気ロビーに満ちて

改装後まだ一年の新しきワインレッドのシートを撫づる

白山通り靖国通りの交差点ここ神保町に起こりし風よ

千代田区の発展のために区長より要請があった
近未来地下鉄通るこの場所に文化の拠点をと岩波茂雄

戦争に中断したる構想を岩波雄二郎が実現をせり

ホール開き三日間を手伝ふと駆り出されたり高野悦子は

小さきを生かし「独特の花園に」野上彌生子は寿ぎの辞に

十階にエレヴェーターのドア開くそこより通ずる世界のありぬ

二〇一三年まで総支配人を高野悦子が務める

ロビーにはロングスカートにすらり立つ高野悦子の姿あるがに

入れ替へ制は岩波ホールより始まりぬ監督への畏敬の心に

座席数二三二の定員制七角形のホールの落ち着き

初出勤の日

興行は水商売と総支配人握手をしつつわれに宣ふ

これこそ一流の握手と感じた高野悦子との握手

高野さんの引き締まりたる手の感触　世界をめぐり握手せし手よ

まずチケットを売ることから
一階の小部屋にチケット売りしこと一つ作品に通ひ来る人も

コマ劇場支配人がホール支配人、興行の勘の冴えに驚く
十階のホール支配人より刻々と指令ありたり残席の数

アナウンス担当せしは遥か前ここに流れしわが若きこゑ

「劇場が名画を創る」信念がホールスタッフに育まれをり

大福に眼かがやく高野さん細き指先にひよいと摘まめり

映画祭をひた廻りつつ作品を落穂拾ひと言ひて選びき

ありて欲しき世界の姿への願ひ作品選びの軸の揺るがず

ホール開きから四十五年の二月九日その日を待ちて逝きたまひけり

『大いなる沈黙へ』は解説も音楽も台詞も一切なく修道院の日々を淡々と映す
台詞なきドキュメンタリーにも長蛇なすそんな奇跡がいくつもあつた

シナリオ採録の掲載は岩波ホールのパンフレットの特徴だった
画面よりのシナリオ採録担当せしわが代へがたき三十年よ

試写通ひ、ビデオはやがてＤＶＤへ採録するにも時代のありて
名作と興行的価値は別物と心底われの覚えたりしよ

わが書棚にぎつしり並ぶパンフレットおのもおのもより台詞の聞こゆ

エキプ・ド・シネマ

――岩波ホール上映作品を詠む――

テオ・アンゲロプロス監督『旅芸人の記録』ギリシャ

横一列に並びわたしに歩み来る一座は映画終はりし後も

サタジット・レイ監督『チェスをする人』インド

チェス駒がなければトマトや唐辛子で　イギリス軍の侵攻の日も

イングマール・ベルイマン監督『秋のソナタ』スウェーデン

母と娘が心の深くを抉り合ふ果ての和解は描かれぬまま

ルキノ・ヴィスコンティ監督『山猫』イタリア・フランス合作

絢爛たる大舞踏会　新旧の時代の渦をワルツにのせて

グェン・ホン・セン監督『無人の野』ベトナム

飛機去りて水の中より引き上げしポリ袋より乳飲み子の声

スロボダン・シャン監督『歌っているのはだれ？』ユーゴスラヴィア
おんぼろの木炭バスはユーゴかな花嫁も豚もジプシーも乗る

ユルマズ・ギュネイ監督『群れ』トルコ
病む妻を背負ひて医者に連れ行くも肌を見せざり遊牧民は

マルガレーテ・フォン・トロッタ監督『ローザ・ルクセンブルク』西ドイツ

花を植ゑ鴉に声かくしなやかな面立ち見せつ血のローザはも

リンゼイ・アンダーソン監督『八月の鯨』アメリカ

華やかな若き時代をしのびつつ老いたる姉妹の時間《とき》ゆるやかに

他人の死を誇ることなどできないとチュッ・ニャは戦の虚しきを言ふ

エロス・ジャロット監督『チュッ・ニャ・ディン』インドネシア

水牛のごとく女の売らるるに立ち向かふとき歴史が動く

チャート・ソンスィー監督『ムアンとリット』タイ

マルレーン・ゴリス監督『アントニア』オランダ・ベルギー・イギリス合作

「ねばならぬ」「すべき」ことより解《ほど》かれよわれに囁くアントニアのころ

メイベル・チャン監督『宋家の三姉妹』香港・日本合作

孫文と宋慶齢の婚礼を祝す謡曲日本の寺に

マリルー・ディアス・アバヤ監督『ホセ・リサール』フィリピン

刑場に「事は成せり」と叫びたるホセに重ねつイエスの最期

ヤン・フジェベイク監督『この素晴らしき世界』チェコ

匿へるユダヤ人の子が自が妻に宿るを夫はひたに祈れり

藤原智子監督『ベアテの贈りもの』日本

憲法に「男女平等」実現す　日本政府の抵抗の中

ウスマン・センベーヌ監督『母たちの村』セネガル・フランス合作

女の子の命がけなる割礼を知りにき　男の快楽《けらく》のための

エルマンノ・オルミ監督『ポー川のひかり』イタリア

太き釘に突き刺されたる神学書のおびただしきが床に散らばる

アンジェイ・ワイダ監督『カティンの森』ポーランド

五十年隠されをりし虐殺ぞソ連はナチに罪なすりつく

ハイファ・アル・マンスール監督『少女は自転車にのって』
サウジアラビア・ドイツ合作

一本の木の絵は系図その枝は男《を》の子なければ葉をつけぬまま

これから見る人

影長くわたしは痩せてゆらり立つ春の海よりはろばろと来て

どの路地も海につながりすれ違ふ遡りゆく魚族の瞳と

アラビア語の光はヌールやはらかき若草のやうな文字をなぞれり

しろつめ草かぜにそよげる村境越ゆを躊躇ふ「東京の人」われ

畏みて家鍵と共に消毒すキーホルダーのローマ教皇

沈みゆくも同じ太陽昇ること思ひてやすらぐ争ひの星に

高速のエレベーターにすれ違ふ夕日見た人これから見る人

何待つか知らねど今宵は前夜なりさやゑんどうの筋を剝きつつ

あとがき

『地球見』は『塩の行進』に続く第五歌集です。二〇一六年十一月号より「短歌研究」に連載された作品を中心に編みました。前歌集と時間の重なる作品も含まれています。わずか五年の間に、社会状況は大きく変わってきています。いつのまにか人々は、物事を世界的規模で、地球や人類の問題として考えるようになってきたと思います。遠くから地球を見る、その眼差しが求められていると感じます。宇宙へ民間人が行くことも夢でなくなり、「お月見」のように「地球見」をする時代もいずれ来ることでしょう。地球も満ち欠けを繰り返す青い星、そこで繰り広げられている人間の営みを静かに見つめてみたいものです。

この間、自身については、二〇一八年に三十一年ぶりに刊行した『聖書聖書協会共同訳』（日本聖書協会刊行）の翻訳委員、編集委員として、主に旧約聖書の詩文の日本語を担当しました。浅薄ながらも今までのすべての体験、知識を総動員して心血を注いだかけがえのない仕事でした。

今年一月十一日、岩波ホール閉館の知らせが届き、大きな衝撃を受けました。ホールで働いた時間は短いものでしたが、その後上映作品八十九本のシナリオ採録を三十年にわたり続けました。画面の情景、状況を採録しパンフレットに載せるという、監督の思いを大切にする岩波ホールならではの仕事でした。映画が文化の一端を担う芸術であることを岩波ホールで学びました。時代のうねりが良い方へ向かうように願うばかりですが、今まで出会った映画の登場人物たちが、その道を密かに教えてくれている、そんな気がしています。

連載の機会をお与えくださいました「短歌研究」前編集長の堀山和子様に感謝申し上げております。現編集長の國兼秀二様、菊池洋美様には多くの示唆を頂きました。ジャコメッティの「歩く男」が曙光に包まれ岡孝治様の装幀を楽しみにしております。「水甕」の三枝むつみ氏は校正の労を取って下さいました。
「水甕」の代表に就任してから二年、多くの仲間に支えられていることを実感しております。作歌をしつつ自身の歩みを見つめたいと願っています。

春日いづみ

二〇二二年六月十日

初出一覧

明日昇る　「東京新聞」２０１９年10月26日
もやもや重い　「短歌研究」２０１６年11月号
イエスの産声　「短歌研究」２０１７年３月号
よいほん　「短歌研究」２０１７年６月号
歴史に非ず　「短歌研究」２０１７年９月号
歩く男　「短歌研究」２０１８年１月号
地球見　「短歌」２０１８年６月号
保育園の影となる土　「短歌研究」２０１８年４月号
「開け《エッファタ》」　「短歌研究」２０１８年10月号
民衆の歌　題詠「音」　「読売新聞」２０１９年10月11日夕刊
酷熱氷寒　「短歌」２０１９年12月号
「あなたに、話がある」　「現代短歌新聞」２０１９年11月号
　「水甕」２０１９年１月号

ディスタンス	「短歌研究」２０２１年５月号
六点の星	「うた新聞」２０２０年４月号
フリーランス	「短歌往来」２０２１年６月号
魔王	「短歌」２０２１年８月号
Pacem《パーチェム》	「歌壇」２０２１年11月号
春のこゑ	「短歌往来」２０２２年４月号
岩波ホール閉館	「短歌」２０２２年４月号
エキプ・ド・シネマ	「短歌研究」２０２２年４月号
これから見る人	「水甕」２０２２年６月号　他

著者略歴

1949年　東京生れ

2001年「水甕」入会

2005年『問答雲』（角川書店）第12回日本歌人クラブ新人賞

2009年『アダムの肌色』（角川書店）

2013年　現代短歌文庫『春日いづみ歌集』（砂子屋書房）

2014年『八月の耳』（ながらみ書房）

2018年『塩の行進』（現代短歌社）第46回日本歌人クラブ賞

2022年　エッセイ集『シネマそぞろ歩き』刊行予定

共著『詩編をよむために』、『春日真木子101首鑑賞』

現在「水甕」代表、編集人。現代歌人協会理事。
明治記念綜合歌会委員。NHK学園短歌講座講師。
NHK新介護百人一首選者。「カトリック新聞」短歌欄選者。
『聖書　聖書協会共同訳』諮問委員。
日本歌人クラブ参与。日本現代詩歌文学館振興会評議員。
日本文藝家協会、日本ペンクラブ、各会員。

検印省略

水甕叢書第九一七篇

令和四年八月十五日　第一刷印刷発行
令和四年十月二五日　第二刷印刷発行

歌集　地球見《ちきゅうみ》

著者　春日《かすが》いづみ

発行者　國兼秀二

発行所　短歌研究社
郵便番号一一二―〇〇一三
東京都文京区音羽一―一七―一四　音羽YKビル
電話〇三（三九四四）四八二二・四八三三
振替〇〇一九〇―九―二四三七五番

印刷・製本　大日本印刷株式会社

定価はカバーに表示してあります。

ISBN978-4-86272-715-2 C0092